RITA DOVE

DIE MORGEN-LÄNDISCHE TÄNZERIN

GEDICHTE

Aus dem Amerikanischen
von Karin Graf

ROWOHLT

«Museum», aus dem die Gedichte des ersten Teils dieser Sammlung gemeinsam mit der Autorin ausgewählt wurden,
erschien 1983 bei der Carnegie-Mellon University Press, Pittsburgh.
Der Zyklus «Thomas and Beulah», hier ungekürzt enthalten,
kam 1986 im gleichen Verlag heraus.

Die Übersetzerin dankt Rita Dove und Fred Viebahn
für ihre Hilfe.

Umschlag- und Einbandgestaltung Barbara Hanke
Foto Fred Viebahn

1. Auflage Oktober 1988

Satz aus Bembo und Buch-Futura
von Utesch Satztechnik, Hamburg
Druck und Bindung von Clausen & Bosse, Leck
Printed in Germany
ISBN 3 498 01275 4

Die morgenländische Tänzerin

INHALT

MUSEUM

I. Der Hügel hat etwas zu sagen

II. Im Schilf

III. Meines Vaters Fernrohr

IV. Fibel für das Atomzeitalter

THOMAS UND BEULAH

I. Mandoline

II. Kanarienvogel in voller Pracht

MUSEUM

Für niemanden,
der uns ermöglichte

I. Der Hügel hat etwas zu sagen

Hier liegt
Ike Tell:
Heide.
Keine Chance für den Himmel,
Keine Angst vor der Hölle.

Grabstein bei Weimar, Texas

Der Fisch im Stein

Der Fisch im Stein
fiele gern zurück
ins Meer.

Er ist der Analyse
leid, der kleinen
vorhersagbaren Wahrheiten.
Er ist es leid, im Freien zu warten,
sein Profil geprägt
von einem weißen Licht.

Im Ozean bewegt und bewegt sich
die Stille,

und so vieles ist überflüssig!
Geduldig läßt er sich treiben,
bis der Augenblick kommt,
die Skelettblüte
abzuwerfen.

Der Fisch im Stein
weiß, zu versagen heißt,
den Lebenden einen Gefallen tun.

Er weiß, warum die Ameise
ein Gangsterbegräbnis
organisiert, grell
und bernsteingelb.

Er weiß, warum der Wissenschaftler
mit heimlicher Lust
streichelt des Farns
üppige Blindenschrift.

Die Rotbuche

Die Aristokratin unter Patriarchen,
ist diese edle Abart das beste
Beispiel des Rokoko

im Park des Schlosses
von Erpenberg.
Die weitgereiste Freiin

kehrte zurück
von einer Südamerikaexpedition
mit vielen Pflanzen und einigen

Neuerungen der Gartenkunst.
Diese Hängebuche wurde Erpenbergs
Trauerbaum, sein

melancholischer Individualist,
der Parkphilosoph.
Acht Meter über dem Rasen

erhebt sich die
zerzauste Krone, ihr Flechtgeäst fällt
wie grünes Wasser

erdwärts, eine Kaskade von Blättern.
Die ästhetischen Prinzipien
jener Zeit: Zweige,

spät kupiert,
knotig geheilt, stolzes Fleisch,
das den Stamm emporsteigt:

lebendige Architektur.

Boccaccio: Die Pestjahre

Selbst nachts dröhnte und dröhnte die Luft.
Durch das bucklige Glas
sah er die Priester vorbeihasten
in ihren spitzen Kapuzen, den Tod einsammeln.
Auf jeder Schwelle ein Teller, der süßen
klumpigen Rauch verbrannte. Er schloß die Augen,
in den Ohren das Klatschen
von Fleisch auf Fleisch, ein
saftiges Knacken wie eine Beere,
die auf der Zunge birst.

Als Junge war er durch dieselben
Straßen gestreift, verliebt in
er wußte nicht wen. O die
Flötensonatinen und der Widerschein
der Fackeln auf den kühlen glatten Wangen
der Brücke und der Dampf,
der in Büscheln aufstieg
aus den Schlachthausschloten –
zwanzig Jahre.

Er wälzte sich aus dem Licht,
lehnte seine Wange
gegen die Reihen der Lederbände:
kühles Wasser. Fiammetta!
Auf hunderterlei Weise hatte er
sie beschrieben; jedesmal
war sie untreu geworden. Wenn er

nur diese Stadt entzweiknacken könnte,
damit der Mond die wurmbefallenen
Straßen sauberputzte! Oder
von all dem weggehn, sich einfach
neu verlieben . . .

Fiammetta bricht ihren Frieden

Ich habe sie beobachtet, Mutter, und ich kenne
die Zeichen. Am ersten Tag Starre.
Schwankend wie Betrunkene rammen
sie die scharfen Kanten des Zimmers
mit den empfindlichsten Körperteilen
und spüren keinen Schmerz. Unfähig
zu schlafen, zittern sie unter
allen Decken im Haus,
Panik nagt einen Silberpfad zum Hirn.

Tag zwei ist Fieber, der leuchtende
Strom gestockt, die Augen beißend
rot. Niemand weint mehr; wartet
bloß, denn erscheinen müssen sie –
unter den Achseln, an den Leisten –
harte, schwarze Äpfel.
Dann zumindest ist Gewißheit,
eine seltsame Erleichterung;
ein Kreuz kommt an die Tür.

Einige Notabeln sammeln Besitztümer
um sich und verbringen die Zeit
mit gutem Essen, Wein und Musik
hinter geschlossenen Vorhängen. Da sie
die Welt schon verließen, sind sie erstaunt,
wenn die Welt sie wiederfindet.
Wieder andere ziehn von Taverne
zu Taverne, tun einfach, wozu sie Lust haben ...

Und zu denken, er wollte, daß ich
schön bin! Ich seine frische Luft
und meine Brüste zwei weiche
würzige Verheißungen. *Steh still,* sagte er
einmal, *und laß dich bewundern.*

Alles ist Ansteckung, Mutter – und Habsucht
und Selbstmitleid und Furcht!
Wir bleiben ruhig im Zimmer sitzen,
und ich denke, wir werden verschont.

II. Im Schilf

When the morning
gather the rainbow,
want you to know
I'm a rainbow, too.

Bob Marley

Mit Hilfe eines Wörterbuchs auf der Veranda Hölderlin lesend

Eins nach dem anderen
ergeben sich die Worte,
weiße Flaggen, entsandt
aus einem stummen Lager.

Wann kehrte meine Scheu zurück?

An diesem Abend weigerte der Himmel sich,
zur Ruhe zu gehen. Die Sonne kauerte
hinter Blättern, doch die Bäume
waren längst fortgezogen.
Der Sinn, der auftaucht,

kommt schräg zu mir, und
ich gehe ihm entgegen, trete
aus meinem Körper,
Wort um Wort, bis ich

alles zugleich bin: der Duft
der Welt, in der
ich untergehe,
ein Taucher,
der sich der Luft erinnert.

Shakespeare sagt

Er trommelt aufs Pianoholz,
kräht.

Champion Jack verliebt
und verschuldet,
in einem beige Straßenanzug,
mit einem Wimpel auf der Brusttasche,
mit einem scharfen Auge
für Frauen, mit einem
diamantgezierten Ohr, mit Sand
in einem Mund voller Mus –

poor me
poor me
I keep on drifting
like a ship out
on the sea

Am Nachmittag zeigten
zwei Akademiestudenten
ihm die Stadt.
München benahm sich schlecht,
drosch
seinen Hintern zu Eis,
während seine Schuhe
aufweichten. Seine Führer
zeigten auf eine Uhr
in einem blaugekachelten Haus.
Und heute abend

ist jedes Lied, das er singt,
von Shakespeare geschrieben
und seiner Schwiegermutter.
I love you, baby,
but it don't mean
a goddam thing.
Verkracht
mit jeder Frau, die er
je kannte, alle und jede
häßlich – magere Beine, Lügenlücke
hinter den Lippen,
ihn aufzusaugen.

Langsam geht er runter,
schnulzt *Shakespeare say*
man must be
careful what he kiss
when he drunk,
geht runter
für den dritten Teil,
vorbei an den Bummlern
an der Bar,
der Bourbon in der Hand
das kalte nasse Herz
einer Schlampe,
der ganze Laden

stinkt nach Bier;
verliebt und siegreich
jetzt, so klingen selbst
die Fehler wie Jazz,
poor me, ächzt er,
damit niemand hört:

my home's in Louisiana
my voice is wrong,
I'm broke and can't hold
my piss;
my mother told me
there'd be days like this.

Im Schilf

Schneide ein Rohr, das einst
im Fluß wuchs.
Stütz dich darauf. Wiege

einen Stein in den Händen
und lege ihn wieder hin –
Sieh zu, wie er Moos ansetzt.

Schlage den Stein,
um zu sehen, ob er
an Wasser denkt.

Agosta, der Flügelmensch, und Rasha, die schwarze Taube

Schad durchmaß die Länge seines Ateliers,
blieb an der Wand stehen,
starrte
auf einen leeren Fleck. Hinter ihm
das Gebrumm und Gedröhn der Hardenbergstraße, ihrer
Automobile und Drehorgelspiele.
Viertel vor fünf.
Seine Augen wanderten
zu den Gipsgirlanden
an der Decke. Hielten *die*
den Himmel zurück?
Er konnte nicht aus seiner Haut – einmal
hatte er sich in einer neuen gemalt,
seidengrün, getragen
wie ein Hemd.
Er dachte
an Rasha, so ferne von Madagaskar,
wie sie sich langsam auf der Stelle drehte, während
die Boa constrictor ihr
ihre schwere Liebe dagegen-
rollte. Wie
die Zuschauer glotzten, Bier und
sauren Hering ausdünsteten.
Wenn die Zeltlichter verloschen,
ging Rasha zurück zum Wohnwagen und rupfte
ein Huhn fürs Abendessen.
Die Leinwand,

nicht sein Auge, war erbarmungslos.
Er erinnerte sich an Katja, die russische
Aristokratin, zu spät
zu jeder Sitzung,
immer noch auf der Flucht
vor der Oktoberrevolution –
wie sie sich die Seiten hielt
und kein einziges Wort
sagte. Während Agosta
(es klingelte)
immer pünktlich war, die Lippen gekräuselt,
wenn er verwundert von Frauen sprach,
die ihm nachliefen
hinter die Bühne, ihm
die prangende Blüte ihrer Lust anzubieten.

Schad setzte ihn
auf einen Thron, ein weißes Tuch
über die Lenden gelegt, das schwarze Smokingjackett
abgeworfen wie ein Cape.
Agosta hatte ihm erzählt
von den Medizinstudenten
in der Charité,
jener kühlen Arena,
wo er auf einem Bettgestell

hockte, sein Torso
entblößt, seine Kämme und Finnen
eine Vogelkolonie, die versuchte
zu entfliehen . . .
                                        und die Studenten,
Kloß im Hals,
machten Notizen.

Ah, Rashas
                                        Schritt auf der Treppe.
Sie bewegte sich langsam, als trüge sie
die Schlange um den Leib,
immer.
                    Einmal
brachte sie frische Eier ins
Atelier, gesprenkelt und
warm wie Atem.
                                        Agosta in
klassischem Faltenwurf also
und Rasha zu seinen Füßen.
Leidenschaftslos. Nicht
die Leinwand,
                                        sondern ihr Blick,
                                        so ruhig,
war erbarmungslos.

Auf dem Kongreß deutscher Schriftsteller in München

Im großen Saal des Hofbräuhauses,
über den Köpfen der Vorstandsmitglieder,
fest gespannt und weiß
wie Haut (nicht meine),
quer über einen Wandteppich geheftet,
dies Transparent:

Verband deutscher Schriftsteller
in der Industriegewerkschaft
Druck und Papier.

Darunter ein paar Blumen,
typisch fürs Mittelalter,
und ein Paar Mädchenfüße
unter einem bedruckten Seidengewand.
An allen Ecken und Enden lugt

der Wandteppich hervor: eine Frau
in einem grünen Tuch
und ein König mit Zepter und
Krone, aufgegangen wie ein Soufflé;
eine aschblonde Prinzessin,
durch Geburt berechtigt,
ihre Löcklein Sonne und Rauch
auszusetzen. Dann noch eine
Hofdame, diese

in einem weißen Tuch,
und ein weißes Pferd, das den Hals
reckt, um die königliche Gesellschaft zu beobachten.

Auf der unteren Bordüre der Stickerei
vier flache Brotlaibe.
Hoch oben unter dem Dach
zeugen zwei Tauben von
einer Verbindung, beglaubigt
von Gott und der Kirche.
Dahinter wogen Tannen
auf grünen Hügeln.

Über dem allen ein Spruchband,
aufgerollt, mit lateinischer Inschrift.
Vielleicht besagt es
Verband der Teppichwirkerinnen
in der Gewerkschaft der Ehefrauen
und jüdischen Färber.
Niemandes Füße sind sichtbar
bis auf jene feinen Schühchen
unter der bedruckten Seide,
die mir zuerst ins Auge fielen,
und des Pferdes grotesk gebogenes
Fesselgelenk bis zum elfenbeinfarbenen
Huf. Und beide
von Blumen umgeben.

III. Meines Vaters Fernrohr

Then I went an' stood up
On some high ol' lonesome hill
I went an' stood up
On some high ol' lonesome hill
An' looked down on the house
Where I used to live

Bessie Smith

Traubensorbet

Der Tag? Memorial Day.
Nach dem Grillen
kommt Dad mit seinem Meisterwerk –
gequirltem Schnee, geliertem Licht.
Wir jubeln. Das Rezept ist
ein Geheimnis, und er unterdrückt
ein Lächeln, die Kappe hochgeklappt,
der Schirm wie ein Entenschnabel.

Am Morgen tummelten wir uns
zwischen den grasbewachsenen Hügeln
und nannten jeden Stein
nach einem verlorenen Milchzahn. Jeder Klacks
Sorbet später
ist ein Wunder,
wie Salz auf einer Melone sie süßer macht.

Alle sind sich einig – es ist köstlich!
Genauso, stellten wir uns vor, schmeckt
Lavendel. Die zuckerkranke Großmutter
starrt von der Terrasse,
eine Grimasse
reiner Verweigerung.

Wir glaubten, es liege niemand
dort unter unseren Füßen,
wir glaubten, es
sei ein Scherz. Ich habe versucht,

mich an den Geschmack zu erinnern,
aber es gibt ihn nicht. Jetzt verstehe ich, warum
du dir Mühe gegeben hast,
Vater.

Rosen

Zeit, daß du was lernst.
Halb draußen,
hält er inne, die stumpfe dunkle Wut
seines Kiefers, ein Auge, eine Schulter in zerrissnem
blauen Tuch, die Baumschere
eine Mammutklaue, die zwischen
Mahlzeiten ruht.

Ich rappele mich
auf, verschreckt, und hinunter
die Auffahrt, den spröden
Schaum des Kieses
und stehe völlig
hilflos, während er tausend
zartrosa Augenlider teilt,
um die Käfer zu finden, die
tief innen nisten, wimmelndes
Siechtum.

Sie kamen aus Japan, 1961.
Nicht zu vergleichen mit den Heuschrecken,
die wir erst bemerkten, als sie
weg waren, die Panzer
durchsichtige Smokings,
verhakt an Rinde, dem Sparrenwerk,
dem sterbenden Immergrün.

Es geht leicht –
knack sie zwischen den Nägeln.
Im bevölkerten Schatten des Geräteschuppens
halte ich statt dessen das Einweckglas
mit beiden Händen, während er
die Blumen schüttelt über
dem Kerosin, das jetzt zittert
wie der Ozean, den ich nie gesehn habe . . .

und auf einem Tablett trage ich
den untadeligen, errötenden Preis
ins Haus.

Sonntagabend bei Großvater

Er machte gern Späße, und alle seine Späße waren handfest.
Der gebogene Daumen ruckelnd zwischen zwei Rippen, sein
Vorgetäuschtes betrunkenes Schwanken. Wir schlichen vorbei, und
Er erwischte uns, Großvaters Rechte, mit Schwung
Hinauf zur Klippe seines reinweißen
Hemds, echt Fruit-of-the-
Loom. Wir kreischten, und
Er kicherte wie
Ein lebendiges
Gespenst.

Er haßte Billy den Papagei, gemein wie unausgegorene Sünde.
Er haßte Betschwestern und das Radio auf Volldampf
Gedreht. Sein Lieblingssohn, auch Billy
Geheißen, war ausgeflogen, obwohl
Er jedes Jahr zu Besuch kam, jedes
Mal aus einer anderen
Stadt, Goldzahn und
Betrunken.

Dann wurden Kirschlimonade, Kartoffelchips und Brezeln
aufgetischt.
Grandma summte Kirchenlieder in ihrem Schaukelstuhl im
hinteren Schlafzimmer.
Dad hielt Billy auf einem dicken zerbissenen Finger,
Sagte *Hier: Komm schon, Joe – faß an.*
Jeden Sonntagabend das gleiche.

Dads leises Drängen und
Jenes Lachen: *Du*
Machst wohl
Witze,
Sohn.

Meines Vaters Fernrohr

Der älteste Witz
der Welt,
ein Stuhl auf drei Beinen.

Sägemehl stiebt
auf, wirbelt
um seine Stiefel

und setzt sich
in den Umschlägen seiner
Hose ab. Die Säge ist

nervös wie
ein Papagei.
Der Stuhl

schrumpft. Nach
Jahren mit Schränken
und Ecktischen, nach

einem Nikolaus aus Sperrholz
und sieben Zwergen
für den Rasen im Schnee,

sieht er klar.
Er hat versagt und
das in Eiche.

Nächstes Weihnachten
kauft er für sich
und seinen Sohn

ein Fernrohr.

Anti-Vater

Entgegen den
Geschichten, die du uns erzähltest

an Sommerabenden, an denen
die Klimaanlage

ausfiel – stehen die Sterne
nicht weit

auseinander. Eher
rücken sie

enger zusammen
mit den Jahren.

Und Häuser
schrumpfen, nicht verloren,

und Terrassen sacken ab:
Nachbarn rufen an,

berichten von
Rissen im Kellerboden,

Weidenwurzeln, die
hochwachsen. Sterne

sprechen zu einem Kind.
Die Vergangenheit

ist stumm . . .
Nur zwischen

mir und dir,
Frau und Mann,

ist der Weltraum
unfaßbar

vertraut.

IV. Fibel für das Atomzeitalter

Doktor, mein Leben lang sagen die Leute,
ich bin häßlich. (Pause) Gibt mir
ein infames Gefühl.

Boris Karloff
in Der Rabe

Flirt

Schließlich muß man zunächst
gar nichts sagen.

Eine Orange, geschält
und geviertelt, lodert

wie eine Tulpe auf einem Wedgwoodteller.
Alles ist möglich.

Die Sonne draußen
hat ihre Läufer eingerollt

und die Nacht Salz
über den Himmel gestreut. Mein Herz

summt eine Melodie,
seit Jahren nicht gehört!

Kühles Fleisch der Stille –
laß es uns riechen und essen.

Man kann
aus dem Augenblick

einen Laubengang machen,
so daß das Vergnügen darin liegt

hindurchzugehen.

Der linkshändige Cellist

Du kamst mit einem Cello in der einen Hand,
in der anderen, nichts.
Spiel, sagtest du.

Ich spielte die Tonleitern unwissender Abende.
Ich spielte in hohen Absätzen, um dir näher zu sein.

Als du einen Stengel in der Vase,
abknipstest, brachst du
meinen kleinen Finger.

Dies ist ein Thema in Mauve:
es beginnt mit den blinden Leibern der Kinder,
es endet mit den Jungen im Orchester.

Sag mir, daß du nicht profitiert hast von mir,
du mit den zinnernen Händen.

THOMAS UND BEULAH

Für meine Mutter, Elvira Elizabeth

Diese Gedichte
erzählen zwei Seiten einer Geschichte
und sollen nacheinander gelesen werden.

I. Mandoline

Black Boy, o Black Boy,
lohnt der Hafen die Überfahrt?

Melvin B. Tolson,
Harlem Gallery

Das Ereignis

Seit sie die Bergrücken von Tennessee verlassen hatten,
ohne irgendwas zum Vorzeigen
außer gutem Aussehn und einer Mandoline,

waren die zwei Neger, die
an der Reling des Flußdampfers lehnten,
unzertrennlich: Lem zupfte

zu Thomas' silbernem Falsett.
Aber der Abend war warm, und sie waren blau –
Sie spien aus, wo das Rad

Morast und Mondlicht aufwühlte,
sie forderten die Taranteln auf,
unten zwischen den Bananen,

kommt hervor und tanzt.
Du trägst die Nase so hoch oben; laß sehn,
was du kannst, sagte Thomas und zeigte

auf eine baumbekränzte Insel.
Lem zog sich aus, sprach leichthin, *Kastanien,*
glaub ich. Sprang kopfüber

rascher als ein Atemzug. Thomas,
trocken auf Deck, sah die grüne Krone beben,
als die Insel versank,

sich auflöste
im gerinnenden Strom.
Zu seinen Füßen

ein stinkender Kreis Lumpen,
die Halbmuschel der Mandoline.
Wo das Rad sich drehte, warf

das Wasser zarte Falten

Variation über Schmerz

Zwei Saiten, ein durchdringender Schrei.
So viele Weisen, das Schrillen
In seinen Ohren nachzuahmen.

Er lag auf der Pritsche, Mandoline
In den Armen. Zwei Saiten
Für jede Note und siebzehn
Griffe; gekerbter Ton
Summte unter verhornten
Fingerspitzen.

Eine Nadel war
In seinem Kopf, aber nichts
Paßte durch. Klang bebte
Wie ein Seil, straff gespannt
Zum Land, stramm und vibrierend,
Ein Mann, der Luft gurgelte.

Zwei eingefettete Saiten
Für jedes durchstochene Ohrläppchen:
So wird die Vergangenheit vergeben.

Jazzen

Unterwegs nach Norden, Strohhut
schief auf dem Hinterkopf,

dichtes Kraushaar glänzend
von Brillantine, ruhte er nicht,

bis die Kautabaknächte
auf dem funkelnden Fluß

verschwunden waren, irgendwie
ins Leben eines anderen. Er landete

in Akron, Ohio
1921,

am schmuddeligen Strand
eines künstlichen Sees.

Nach dem, was er mitgemacht hatte,
jazzte er ständig, Goldreif

baumelnd vom rechten Ohr
und ein Glasknopf, knallblau,

im linken. Die jungen Damen
sagten *Der spielt ja*

den Trudatrott
wie der Teufel!

seufzten ihre Seufzer
und lächelten Grübchen.

Strohhut

In der Stadt, unter den ausgezackten Blättern einer Eiche
mit Blick auf die Gleise, wartet er
die letzten Minuten bis zum Morgengrauen, froh,
in der dritten Schicht schlafen zu können. Jahre, ehe
er etwas war, lag er auf
so vielerlei Gras, unter Sternen,
dem Mond ins kalte Auge schauend.

Damals schlief er wie ein Glas Wasser
auf der Hand eines sehr jungen Mädchens.
Dann lernte er, daß er nicht vollkommen war –
niemand war vollkommen. So machte er seinen Weg
nach Norden, unter dem aschfahlen Dach eines Zelts,
zu klein selbst für seinen mageren Körper.

Die unbezogene Matratze, die er in der Arbeiterbaracke
teilt, ist braun und riecht
nach dem Schweiß von zwei anderen Männern.
Einer von ihnen kaut Tabak:
er hat sie beide nie gesehn.
Für ihn ist die Arbeit ein kleines Kümmernis
und die Musik danach
wie eine Frau,
die ihm ans Herz greift
und es umstreichelt. Wenn er singt,

schließt er die Augen.
Er weiß nie, wann sie kommt,
aber wenn sie geht, tippt er
stets an den Hut.

Brautwerbung

1.

Schöner Abend, darf ich um
das Vergnügen bitten ...
die Straße rauf und runter,
warten auf was? Einen
Hauch von Magnolien, daß
jemand die Sterne vorführt?

Aber sie will keinen Fuß
in seinen Turteltauben-Nash setzen,
es gehört sich nicht.
Ihr Plisseerock schwingt
weich, ein Reif von Pfeilen.

König der kleinen Fische
in seinem gelben Schal,
Mandolinenbauch fest gegen
Hahnentrittweste gepreßt –
zupfen seine Finger für die Falten,
alle in einer Reihe, seufzend ...

2.

... so wickelt er die gelbe Seide,
noch warm von seinem Hals,
um ihre Schultern. (Er hat gut
verdient; er könnte sich noch einen kaufen.)

Eine Mücke fliegt
ihm ins Auge, und sie denkt,
er weint.

Dann das Wohnzimmer, herausgeputzt
wie ein Schiff, und Thomas
dreht den Hut in den Händen,
fragt sich, wie bin ich hierhergeraten?
Porzellanmöpse bewachen ein Fransensofa,
auf dem ein Vater, halb Cherokee,
raucht und die Stirn runzelt.
Ich biete ihr ein gutes Leben –
was machte er da,
gab alles auf für ein Lied?
Sein Herz flattert zu,
klappt dann langsam wieder auf.

Refrain

Der Mann in der Mandoline
spielt eine neue Melodie,
jeden Abend, wenn er am
Schlafzimmerfenster vorbeisegelt:

Nimm 'nen Kürbis, ziehe Saiten drauf,
Nimm 'ne Banane, reiß die Schale auf,
Kauf 'nen babyblauen Nash
Und laß damit dem Schicksal seinen Lauf.

Jetzt hat er einen Mast hoch
und sich mit Lumpen
daran gefesselt, besoffener
als eine Drossel im Aufflug:

Zähl deine Küsse
Süß wie Honig,
Verzähl deinem Boss
Den schmutzigen Lohn nicht.

Das Bett, aus Eiche
und klotzig, schwankt
mit seiner Besatzung,
einem Mann und einer Frau –

Jetzt tanzt er, nur die
Füße bewegend. Unmöglich,
ihn mundtot zu machen, außer
sich herumzuwälzen, Rüschen

und Seide zerzausend,
steif mit einem Hundehecheln
zwischen Lilien
und reifender Haut:

Liebe auf'm Floß
Im Mondeslicht
Und des alten Waschbärn
Banditengesicht.

Variation über Schuld

Egal, wie er sie zählt –
an der Wartezimmeruhr,
an einem länger werdenden Niednagel,
an seinen Knöpfen, den in Zellophan
knisternden Zigarren –

keine Explosion. Keine Tür fällt
ins Schloß. Gänzlich Zuschauer, kaltgestellt,
einen Schrei tief in der Kehle,
sieht er die Reihe

der Gesichter entlang, von
gespanntem Stolz umnebelt. Verdammt
wenig Unterschied, denkt er,
zwischen Schmerz aushalten und
darauf warten, daß Schmerz
sich andere vorknöpft.

Die Tür fliegt auf – nein,
er läuft nicht weg!
Es ist ein Mädchen, das sieht er
an dem Grinsen, dem Gespreize eines Scharlatans!

Aber er empfindet nichts.
Matt vor Zorn
verteilt Thomas die Zigarren,
spuckt das bittre Ende unter Tränen aus.

Ohne Anzahlung

Er läßt sie die Farbe aussuchen.
Sie schlendert an den blitzenden Kotflügeln entlang,
versucht, seine Gedanken zu erraten.

Die Blume, blaue
Flamme, baumelte
über seinem Kopf.
Er war in den Wald gestolpert
und hatte diese stille Vergebung
gefunden.

Wie sie alle quatschen würden!
Punkin und Babe,
Willemma, die in ihrer
versackenden Hütte ts-tste,

Ein Kinderwald,
Moos und Nesseln,
verrückt geworden vor Hoffnung

die Jungs unten am Bach,
erwachsen jetzt, die rittlings
auf dem Geländer vorm Dorfladen saßen ...

Lem lächelte von einem Baum
und nickte, als Thomas ihm sagte,
er wäre ein paar Jahre zu früh dran.
«Wir laufen zusammen weg»,
sagte Lem bloß.

Sie beugt sich vor,
bewundert ihr Spiegelbild
in der Scheinwerferfassung eines Peerless.

An einem gewöhnlichen Tag
hätte er diese blaue
Himmelstrompete gepflückt und
sie schnell nach Hause ins Wasser gebracht.

«Niggerrot»,
preßt sie hervor und geht weiter.

«Eine Frau zu kriegen», sagte Lem
immer, «ist, wie zwei
Stücke Seide aneinanderzureiben.
Richtig gemacht, reißt der Glanz aus,
und der Grus scheint durch.»

Ein himmelblauer Chandler!
Sie bleibt stehen, spürt seinen Blick.

Jeder Mann auf dem Bergrücken
alt genug zum Pfeifen
war entweder im Wald
oder unter einer Veranda versteckt.
Er konnte hören, wie die Hunde
den Berg hinauf ausschwärmten.

Acht Meilen vor Murfreesboro
Brandmal abgelösten Gummis,
weicher Morast eines Grabens.
Eine Wagenladung Weißer
mit Hallo an ihnen vorbei auf der Zwoeinunddreißig.
«Du und dein Süden», schreit sie
über das Zischen des Kühlers.
«Sag mir ja nicht, daß du
das nicht erwartet hast.»

Die Luft wurde in
hoffnungslose Stücke gerissen.
Nur diese Blume, die über
seinem Kopf schwebte,
konnte das Geschrei nicht hören.
Deshalb wuchsen die Blüten
so endgültig.

Die Zeppelinfabrik, 1932

Die Zeppelinfabrik
brauchte Arbeiter, na gut –
aber wenn er im Käfig
des Walbauchs stand, Funken
von den Nietstellen flogen
und Lärm donnerte, dann
wollte Thomas sich auf
der Stelle hinsetzen und heulen.

In jenem Frühjahr nannte man das dritt-
größte Luftschiff den besten
Witz der Stadt,
obwohl sie alle
anrückten zum Start.
Vom Wind gefangen,
schwebte die ‹Akron›
außer Kontrolle,

drei Männer im Schlepptau –
einer ließ
früh genug los, einer
hielt fest, aber der dritte,
dem Muskeln und Adrenalin
versagten, fiel
Luft krallend
sechshundert Fuß.

Thomas am Abend
auf dem verlassenen Gelände:
Hier bin ich, heil
und feig.

Thomas, sein Herz
mit dem Hut verdeckend,
beim Fußballspiel, beäugte
das Goodyear-Luftschiff über sich:
Big Boy, ich weiß,
daß du da drin bist.

Unter dem Viadukt, 1932

Er mied die leeren Fabrikhöfe,
die zwangsgeräumten Möbel, die sich
am Bordstein türmten. Wo er ging,
war es dunkel, obwohl über ihm
der Verkehr brauste.

Mit seinem blechbekappten Stock
bohrte er eine Spur in den Schlamm.
Wenn er diesmal einen Sohn bekam,
würde er ihn lehren, wie man
zwischen seine Familie und die Polizei tritt,
während die Menge blaffte
und ein Kessel Volkssuppe sich
über ihren grauen Kleiderwall ergoß ...

Das Pflaster war wacklig, vom Regen gelockert.
Er fühlte sich wohl hier unten,
wo das Glück der Mächtigen
zu Fall gekommen war,

schwarzer Anzug und Schlüsselbein.
Er konnte die Würmer riechen, die sich in ihren Löchern rührten.
Er konnte das weiße Laken sehen, das sich senkte,
während überall auf dem North Hill Viaduct

Reifen schlitternd zum Stehen kamen.

Blitzblues

Im Radio beklagte eine Soubrette ihr Geschick,
während draußen das Land vor Regen barst.
Die Kinder zankten auf dem Rücksitz;
die Frau schnappte nach Luft, wenn der Blitz einschlug,
wo es ihm verdammt noch mal gefiel. Freitag abend,

und nie sang er besser. Die Fische
würden blinken wie schön verzierte Zigarren.
Diesmal hatte er die Köder selbst zurechtgemacht,
Maismehl und ein bißchen Zuckerwasser,
auf dem Herd zu einem Ball verrührt,
kleingeschnitten für den Allesfresserkarpfen.

Warum also bockte das Auto? Und sprang
rückwärts, jedesmal, wenn er den Schlüssel drehte?
War Gabriel ein Papiermann, der seine Posaune
nur nach Noten blasen konnte?
Oder hatte dieser Sheriff schuld,
der sein Abzeichen ans Fenster drückte und sagte:
Sie haben Glück – da vorne fiel vorhin
ein Baum über die Straße.

Gewendet, sprang das Auto an,
sanft wie ein Lamm. Niemand sagte etwas,
bis auf den alten Gauner im Radio, Mr. Kingfish –
der sprach zu den Mystischen Rittern der Meere.

Kompendium

Er gab die süßen Liköre auf und
seine Hahnentrittweste.

Er wurde ein holder Tenor
im Gospelchor.

Kanarienvogel, Usurpator
der Zuneigung seiner Frau.

Mädchen Mädchen
Mädchen Mädchen.

Im Wohnzimmer, bunt bebändert,
ein Käfer an einem Nagel.

Der Kanarienvogel macht seinem Bild den Hof.
Die Mädchen duften in ihren Betten.

Definition angesichts namenloser Wut

Jene Libelle, aufgebläht, an die Wand
geheftet, ihre Gazeflügel zerfetzt
(gelbe Seide eigentlich, schlierig verblaßt) –
was ist sie? Ein Perpendikel
mit reichlich Zeit, eine gefrorene
Träne, eine Wintermelone
mit süßem, weißen Fleisch?

Mach schon – frag den Kanarienvogel.
Frag diese sonnengebleichte Zierde
in ihrem Stäbchenhaus,
und sie wird erwidern: *Pelikanschnabel.*
Was sonst hast du erwartet?

«Wie lange ist es her ...?»
Zu lange. Jede Note verrutscht
zu einem kläglichen Tadel, Fingerkuppen
gekerbt von Schmerz, seichte Gräben,
darin zu verrotten wie ein entflohener Sklave
mit bellendem Herzen. Tage danach
Blasen, die man vor den Kindern verbergen muß.
An einem Faden hängen. *Eines Tages,*
drohte er, *lasse ich*
einfach los.

Luftfahrt

Zu schwach für den Kampfeinsatz, steht er
vor einem unterbrochenen Flügel,
spielt mit einer Idee, nichts Ernstem.
Nachmittags starrt die Halle vor Aluminium,
gleißend, zur Sonne hin fliegend; nun
aber, früh am Morgen, gibt es nur
grauen Schein und Geschnatter
der kräftigen Frauen um ihn
und den Bolzen, der auf seinen
Fünf-Sekunden-Nietschlag wartet.

Am Abend zuvor im Dunkel
des Olymps, lauschte er raschelnden Blusen
und roch Magnolien, weiße
Zungen der Reue,
die in die Erde sanken. Dann
sprang die Wochenschau hinein
in den Krieg.

Warum *schwach*? Warum nicht schlicht
Familienvater? Warum Flügel, wenn
Frauen mit Fingern, nicht kleiner als seine,
in der verzwickten Intelligenz eines Motors herumstochern?

Und wenn er bloß vier Sekunden lang zuschlug,
oder drei? Reflektion ist solch

ein blutleeres Licht.
Nach der Mittagspause würden sie in Feuer baden.

Aurora Borealis

So tief im Süden solch lähmendes
Strahlen. Menschen schwemmen
Aus ihren Häusern auf die Straßen, gewiß,
Dies ist das Ende,
Denn es ist 1943,
Und sie sind müde.

Thomas kommt aus dem Kino
Und vergißt, wo er ist.
Er ertrinkt, und
Die Dunkelheit über ihm
Spuckt und schäumt.

Was glänzt, ist ein Gedanke,
Der sich verirrt hat. Hilflos
Hängt er und bebt
Wie ein Schleier. Schluß mit

Der Verzweiflung.
Thomas, geh heim.

Variation über den Erwerb eines Sohnes

Jene scheue Neigung des Kopfs seiner Tochter –
wo lernen sie das?
Und ihr Soldat in zärtlichem Hab-acht,
der wartet, daß die Geliebte unter
dem Schleier hervorschlüpft. Thomas weiß,

was er dort finden wird – ein spöttisches Lächeln, kühn
wie das auf dem glatten Gesicht des jungen Sergeanten,
ein Durchschuß in der ersten Minute der Schlacht.
Frauen nannten es *einen Kuß darbringen*.

Er sah den Bräutigam schlucken.
Zum erstenmal hätte Thomas ihn
Sohn nennen können.

Ein Band fehlt

Grüner Schlick eines Flußufers,
schlierig und gesprenkelt,
als mische ein Baum über ihm
Karten.
            Wer hätte gedacht,
daß der Einband eines «Allgemeinen
Nachschlagewerks für Kunst,
Wissenschaft, Geschichte, Entdeckungen
und Erfindungen» träge Nachmittage

mit Schnur und gebogenem Nagel zurückbringen könnte,

hierher, seine spitzen Schuhe gespreizt
auf einem abgewetzten Linoleumquadrat
beim Kellerbasar
der A.M.E. Zion-Kirche?

Er schlägt *Motherwell-Orion* auf und findet
Orchideen auf dem Frontispiz,
mit Seidenpapier überlegt,
fiebergesprenkelt, ihre entzündeten
Penisse herabhängend.

Werners Lexikon,
Akron, Ohio, 1909:
Komplett in fünfundzwanzig Bänden
außer einem –

für fünf Grüne
keine Zebras, kein Virginia,
kein Weltkrieg.

Der Zauber

Sie nannten uns
die Trudatrott-Zwillinge.
Wir nahmen uns eine Melodie vor
und quetschten sie aus, schleuderten
sie zum Mond,
den Krähen zum Fraß.

Nachts sah er ihn,
nackt und aufgedunsen
unter dem Baum hinterm Haus.
Einfach so, erwiderte er
auf die Frage, warum er es getan
hatte. Thomas erwachte
Minuten später, dachte,
Ich brauche 'nen Drink.

Sonntagmorgens
dampften Backfisch und Maisbrei
von den Tellern wie ein Orakel.
Der Kanarienvogel sang hemmungsloser
denn je, aber er hörte
das Wispern: *Ich bin nicht tot,*
ich gab dir bloß mein Leben.

Gospel

Swing low so I
can step inside –
ein summendes Stimmenschiff,
mächtig von all

den Übeln geschehen,
ihnen geschehen.
Kein Klang so satt
konnte untergehen:

treibe die Freude, bis
sie aufspringt wie ein Ei,
lasse das Leid
aufwallen und verebben.

Aus einer Festung
tierischen Jammers
schwingt sich die spröde Stimme
des Tenors, hingerissen

von Aufopferung.
What do I see
klagt er, die Noten
hell aufsteigend

zu einem Himmel,
leer und verheißungsvoll.
Doch wie wohltuend
die Soloaltistin

sich tiefer sinken läßt
in ihr üppiges Pelzwerk!
Carry me home
schmeichelt sie, mit kraftvoller

Stimme. Kandelaber
randvoll. Aber er schlüpft
durch Gottes Netz und schwimmt
himmelwärts, tirilierend.

Opossumbraten

Das Opossum ist ein schlüpfriges Geschöpf,
das von Persimonen lebt und dem, was
in der Bibel Aas heißt.
Soweit Werners Lexikon
von 1909, drei Reihen Dunkelgrün
entlang der Wand. Eine Enkelin
auf jedem Knie,
fuhr Thomas mit seiner Geschichte fort –
aber für Malcolm, den kleinen

Rotbackigen, erfand er
die Schnörkel: *Wir blendeten das Opossum*
mit einer Fackel und ich, der kleinste,
kraxelte rauf,
um ihn runterzuschütteln. Er funkelte mich an,
die Zähne in der Torpedoschnauze
gebleckt wie ein Hai.
Mann, er war zäh, aber kein Gegner
für einen so alten Hasen.

Malcolm wollte nicht mehr, studierte sie
mit goldenen Habichtsaugen. Als die Mädchen
unruhig wurden, redete Thomas über Pferde:
Strolling Jim, der ein Glas Wasser
auf dem Rücken balancieren
und um den Dorfplatz traben konnte,
ohne einen Tropfen zu verschütten. Der
Wartrace einen Namen machte und unter
einem Stein begraben wurde, wie ein Mann.

Das gefiel ihnen.
Er hätte ihnen weiter erzählen können,
daß der Werner Negerkindern zugestand,
sie seien intelligent, aber daß Gescheitheit
in der Pubertät nachlasse und Unaufrichtigkeit
und Faulheit an ihre Stelle träten. Statt dessen
setzte er hinzu: *Ihr müßt vorsichtig sein*
mit einem Opossum, wenn es am Boden ist;
es legt sich auf den Rücken und spielt tot,
bis ihr nicht mehr aufpaßt. Das
nennt man wohl markieren.

Malcolm unterbrach, um zu fragen,
wem Strolling Jim gehörte
und wer den Grabstein bezahlte.
Sie starrten einander in die Augen,
Mann zu Mann, ehe Thomas,
der Großvater, erwiderte:
Yessir,
das Opossum hat uns geschmeckt. Wir haben es
gut langsam gegessen, mit Süßkartoffeln.

Der Schlag

Später wird er sagen, der Tod sei dicht herangetreten,
um ihm die Hand zu schütteln und habe zugedrückt,
bis er in die Knie sank. *(Steh auf,*
Nigger. Steh auf und versuch's noch mal.)

Viel später wird er zugeben, daß er Angst hatte,
zusammengekrümmt in der Mitte des Läufers, wo Sonnenlicht
auf eine Wange einhieb und Flechtbast
die andere zerkratzte. Auslassen wird er

das mit den würzigen Feldern im Wachtraum
und den wundgescheuerten Flanken des Esels,
dem er folgte. Wenn seine Frau fragt,
was war es für ein Gefühl, wird er nicht erwähnen,

daß die Sonne schien wie in dem Sommer,
in dem sie mit ihrem Ersten schwanger war und
sich nach Wassermelonen verzehrte, die er
in eine Zeitung gewickelt nach Hause schmuggelte, und wie

der Busfahrer grinste, wenn sein Nickel
in den Kasten klimperte – nein, er wird sagen,
es war, als würde ich von einem Esel getreten.
Gerade jetzt aber, auf die Hörner gespießt,

weiß er, es war die ganze Zeit Lem:
Lems Knöchel, der ihm im Vorübergehen auf die Brust klopfte,
Lems Herz, das er zu sicherem Gewahrsam
in den Armen hält.

Die Satisfaction-Kohle-GmbH

1.

Was soll man mit einem Tag anstellen.
Jet durchblättern. Fernsehgucken.
Auf der Veranda frierend
tritt er dennoch hinaus, der Schnee zu hoch
zum Spazierengehen, das Eis tückisch.
Drinnen die Gasheizung geht von allein;
er bemerkt die Wärme noch nicht einmal.

Alle sagen, er sieht gut aus.
Auf der anderen Straßenscite steht ein Betrunkener, lächelt
über etwas in einen Baum Geritztes.
Die neue Nachbarin mit den schwingenden Hüften
saust heraus, um die Post zu holen
und winkt einmal, strahlend;
die Doppeltür schlägt ihr beim Rückweg
gegen die Hacke.

2.

Zweimal die Woche hatte er den Bus Glendale Hill runter
genommen
bis zur Ecke der Market Street. War durch die Gasse
am Kanal geschlüpft und hatte sich aufgeschlossen.
Zu fegen begonnen,
mit peinlicher Sorgfalt, wie eine Frau,

die sich Glanz ins Haar bürstet,
gleiche Bewegung, gleiches Wiegenlied.
Keine Vorhänge – der Polizist auf Streife
blieb einmal die Stunde draußen stehen,
schwang den Schlagstock und stierte.

Es war besser an Samstagen,
wenn die Kinder mitkamen:
er schrubbte, während sie Aschenbecher
leerten, Scheppern von Glas auf Metall,
dann ein trockenes Rieseln. Danach zählten sie
Nagelköpfe, die die Lederpolster zierten.
Vierunddreißig! riefen sie,
das war das Jahr, und
sie fanden es sagenhaft spaßig.

Aber unter der Woche bemerkte er mehr –
Lichter, wenn sie aufgedreht oder abgeblendet wurden
im Portage Hotel, den 10.32,
wenn er am B & O Rangierbahnhof beschleunigte,

die bebenden Fußbodendielen, das explosive
katschuk katschuk katschuk katschuk
und die öligen Schienen, die darunter tickten.

3.

Sie waren arm damals, aber alle waren arm.
Das Putzen hatte ihm nichts ausgemacht,
nur der Gedanke daran – wie jetzt,
wenn die Leute ihn fragen, woran er denkt,
und er sagt *Ich höre zu*.

An jenen Abenden, wenn er allein nach Hause ging
und der Eimer mit Kohlestücken ihm gegen das Knie schlug,
hörte er einen röhrenden Heizkessel
mit seiner vertrauten trockenen Hitze. Heutzutage gehen
die Abende von allein – was die Tage betrifft,

gibt es das süße krisselige Lied des Kanarienvogels,
den Säufer, der durch seinen Sabber lächelt.
Hinter dem Hügel, hinter der Schlucht,
im Sommer mit wildem Sumach überwachsen,
ist jetzt eine bessere Gegend.
Trotzdem, er würde eines Tages gerne runtergehen,
eine Weile dort stehen und sich aufwärmen.

Thomas am Steuer

Dies also der Fluß, den er durchschwimmen mußte.
Durch die Scheibenwischer rief
der Drugstore, erleuchtet wie ein Casino,
Neonschrift lüstern auf schauderndem Asphalt.

Dann flog die Glastür auf,
und ein Mann trat an den Bordstein,
zündete sich eine Zigarette an. Thomas dachte,
daß der Himmel sich so schnell leerte
wie seine Brust sich mit Wasser füllte.

Sollte er hupen? Was für ein Unsinn –
er konnte das Steuer nicht loslassen.
Der Mann sah ihm ruhig ins Auge
und warf das Streichholz fort.

Und nun die Straße dunkel, keine Seele
und auch nicht ihr Bruder. Er legte sich über
den Sitz, ein Nachen auf See,
ein Kuß, der sich auflöste. Er betrachtete
das Schlitzauge des Handschuhfachs,
das Rezept darin,

er lachte, als er dachte *O*
die Schrift auf dem Wasser. Thomas stellte
sich seine Frau vor, wie sie erwachte, ihn vermißte,
und das Fenster öffnete. Er hörte Sirenen
anschwellen, während die Schlüssel hin und her schwangen,
tickend.

II. Kanarienvogel in voller Pracht

Ah, wie bei meinem Wiedertun die Sinne jagen.
Wie einst in seinem feuerhellen Herzen
fühlt ich die Furien schlagen, schlagen.

Anne Spencer,
«Zeilen an eine Brunnenkresse»

Wäsche annehmen

Papa nannte sie Pearl, wenn er nach Hause kam,
betrunken und schwankend, als fasse der Wind
nur ihn. Gegen Winter bleichte seine Haut
roßkastanien- bis ingwerfarben, die Kälte zog
das Gelb heraus. Der Cherokee in ihm,
sagte Mama. Mama blieb immer die gleiche:
wenn der Hund unter den Ofen kroch
und das Hoftor schlug, versteckte Mama
die Wäsche. Sheba bellte wie sonst
bei Schnee oder Klee, ein verwöhnter und verstockter Hund.

Sie war Papas Mädchen,
schwarz wie sie war. Einmal,
im Winter, ging sie im Traum
die ganze Treppe hinab
und blieb vor dem Spiegel stehen, ein Tier
mit waidwunden Augen,
das das Haus wachschrie. Heute abend

summt jede Lampe, die Küche eine Arktis,
lauter Laken, und Papa läßt die Taschentücher
segeln. Den Fuß auf einer Rose,
seidengestickt, wartet sie,
bis er sich umdreht, sein Lächeln vorüberzieht.
Mama eine geballte dunkle Faust.
Rühr das Kind an,
und ich haue dich um
wie die Zedern des Libanon.

Zauberei

Übung macht den Meister, sagten die Alten.
Also übte sie Täuschen,
bis Eiswürfel willig
von einer einfachen weißen
Schnur baumelten
und sie ein Ei in ihren letzten
Penny verwandeln konnte.
In den Hof zum Schleifen geschickt,

beugte sie sich so lange über
das Rad, bis die Messer
dünn wurden. Sich aufrichtend,
die Braue kahl geschoren
wie ein Weizenfeld und
mit Blut gepunktet,
spürte sie nichts, nicht einmal
als Mama aufschrie.

Sie gab dem Apfelbaum Sauerkraut;
die Äpfel blühten herber von
Jahr zu Jahr. Nutzlos und schön
wie alle Kunst, wie
Segeln in Luft,

stießen ihr
Dinge zu. Eines Nachts erwachte sie,
und auf dem Rasen loderte
ein Gerüst, behangen mit Lichtern.

Am nächsten Morgen brachte die
Sonntagszeitung den Eiffelturm,
wie er durch Wolken aufragte.
Das war ein Zeichen,

eines Tages würde sie es nach Paris schaffen.

Werbung, Beharrlichkeit

Ein gelber Schal gleitet durch seine Finger,
als schmelze er.
Thomas betupft sich die Stirn.

Und jetzt die Mandoline, eilfertig,
obwohl der Abend, wie man sagt,
jung ist,
obwohl sie *nicht mehr die Jüngste* ist.

Psst, die Saiten klingen. *Schönste, Allerschönste.*

Zigarrenkistenmusik!
Sie hätte viel lieber ein Pianola
und Parfum in einem himmelfarbenen Flakon.

Nicht jenen Schal, gelb wie Butter.
Nicht seine Hände, kühl wie Münzen.

Versprechen

Jede geschluckte Verletzung
ist ein Stein. Letzte Worte,
der Tochter zugeflüstert,
als er ihre Fingerspitzen
leicht in die Hand
des Bräutigams legte.

Sie lächelte nach oben,
Jesus zu, dann Thomas,
wandte ihm den Rücken so
höflich wie möglich.
Wenn das der Fall war,
war er ein Berg von Scham.

Auf den Steinstufen
der Kirche innehaltend,
versuchte sie, seine klotzige Gestalt
in der Vorhalle zu vergessen,
plump in blauem Serge,
seine Finger, die die Glückskugel
in seiner Tasche zwirbelten.

Unter dem in die Luft schwebenden Strauß
eine Wiese von Jungfrauen,
die drängten *Sei Wasser, sei Licht.*
Ein tiefer Atemzug, und sie tauchte
durch Sonnenstrahlen und Küsse.
Reis trommelte
sie alle beide blind.

Staubwischen

Jeden Tag eine Wüste – kein
Schatten in Sicht. Beulah
geduldig zwischen Nippes,
die Sonnenveranda ein Wüten
von Licht, ein Sandsturm,
wenn ihr graues Tuch
dunkles Holz zum Leben erweckt.

Unter ihrer Hand schimmern
Schnörkel und Schnecken
noch dunkler. Wie
hieß er noch, jener
dumme Junge auf dem Rummel in
der Schießbude? Und sein Kuß und die
durchsichtige Schüssel mit dem leuchtenden
Fisch, der sich kräuselnden
Wunde!

Nicht Michael –
etwas Besseres. Jeder Staubstrich
ein tiefer Atemzug, und
der Kanarienvogel in voller Pracht.
Schwankendes Gedächtnis: heim
vom Tanz, die Haustür
aufgeweht und das Wohnzimmer
in Schnee, stürzte sie
mit der Schüssel zum Ofen, sah zu,
wie das Medaillon aus Eis

sich löste und er
frei schwamm.

Das war Jahre, bevor
Vater sie hergab
mit ihrem Namen, Jahre bevor
sich ihres Namens Bedeutung erwies –
Versprechen erst, dann
Wüste-in-Frieden.
Lange vor dem Schatten und
dem Komplizen der Sonne, dem Baum.

Maurice.

Ein Berg Bohnen

Einmal, im Frühjahr, vergab der Zirkus
Freikarten, und man hörte Musik,
die Läden geöffnet,
um Sternlicht hereinzulassen. Am Brunnen
tippte ein Affe zum Gruß an seinen schönen roten
Hut und trank aus einer Porzellantasse.
Gegen Vormittag kühlten ihre Obstpasteten
auf der Fensterbank.
Dann war Schluß mit den Zelten, und das Gras

wuchs wieder, hüfthoch
mit einem Trampelpfad zur Eisenbahn,
wo die Hobos in der langsamen Kurve
vor dem Bahnhof absprangen.
Sie gab ihnen zu essen, während sie erzählten,
ungezwungen in ihren Lumpen. *Zwei Punkte, egal welche,*
ergeben eine Linie, sagten sie,
und wir fahren sie alle ab.

Katzenhaare
kamen mit dem Schöpfeimer hoch;
und Thomas wälzte sich auf dem Kissen
als wär er auf See. Wenn das Geld
für Pfirsiche nicht reichte, zog sie
Rhabarber am Feldrain aus.
Dann erschien wieder ein Mann
in ihrer Küche, und sie roch
Angst in seiner schmutzigen Latzhose,
die blassen Augen hell wie Salz.

Es gab nicht einmal Speck
für die weißen Bohnen. Aber er aß
ohne Unterlaß bis auf den blauen
Boden des Topfs und verharrte
dort einen Moment, fast atemlos.
An dem Abend bat sie Thomas,
den Brunnen mit Brettern zu vernageln.
Jenseits der Gleise loderte die Stadt,
als sei Aussehen alles.

Aushalten

Am liebsten mochte sie die Morgen – Thomas unterwegs
auf Arbeitssuche, ihr Kaffee mit viel Milch.

Herbstbäume draußen, zerzaust und tropfnaß.
Weit im siebten Monat, konnte sie ihre Füße nicht sehen,

so schwebte sie von Zimmer zu Zimmer, Hausschuhe
schlappend,
umschiffte die Ecken mit Erstaunen. Wenn sie sich zum Gähnen

gegen einen Türpfosten lehnte, verschwand sie ganz.

Letzte Woche hatten sie im Morgengrauen einen Bus
zur neuen Flugwerft genommen. Der Hangar glitt
Stück um Stück auf,

und der Zeppelin in seiner Silberhülle kam vorsichtig hervor.
Der Mann führte ihn mit Umsicht, wie einen Pudel,

band ihn dann an einen Mast und ging wieder hinein.
Genauso groß und still fühlte Beulah sich, ein See;

sie glänzte von Kakaobutter, einmassiert,
wenn Thomas abends heimkam und beinahe

weinte. Er legte ein Ohr auf ihren Bauch
und sagte: *Der kleine Kerl spricht wahrhaftig,*

auch wenn es für sie eher das *tok-tok-tok*
eines Fingernagels war, der an einen dicken samtigen
Lampenschirm klopfte.

Manchmal erwachte sie nachts und fand ihn
dort eingeschlafen, und auch das Kind schlief.

Der Kaffee war gut, aber zuwenig. Draußen
erzitterte alles in Stanniol – nur der Klee

zwischen den Kopfsteinen hielt sich hartnäckig,
grün, wie ein nachträglicher Einfall …

Mutterschaft

Sie träumt, das Kind sei so klein, daß sie es ständig
verlegt – es rollt von der Kommode,
und die Maus trägt es heim, es verschwindet
samt Hemd in der Wäsche.
Dann läßt sie es fallen, und es birst
wie eine Melone, mit sprühenden Augen.

Schließlich kommen sie aufs Land;
Thomas trägt es in einem Tuch.
Er streut Reis auf den Weg,
die Bäume ein Gezwitscher winziger Vögel.
Auf der Wiese zu ihrer Rechten raufen drei
Männer mit einem weißen Wolf. Sie ruft

warnend, aber der Wolf bricht aus,
und sie rennt, die Rassel
rollt in die Gosse, dann ist sie
dort und wirft das Kind hinter sich,
lauscht auf seinen Schrei, als sie den Wolf
zwischen die Schenkel nimmt, seinen Hals packt, zählt,
bis ihre Daumen zur Erde durchstoßen.
Weißes Fell färbt sich rot. Sie atmet kaum.
Die kleinen wilden Augen
trüben sich vor Bestürzung und Scham, wie die eines Kindes.

Hochzeitstag

Zwölf Jahre auf den Tag genau, da
steckt er sich die blaue Sorgenkugel in den Mund.
Der Trick ist, auch dein Glück zu schlucken.
Letzte Worte an eine Tochter …
und ein Zwinkern, das an ihn erinnern soll.

Das Haus in der Bishop Street

Kein Vorgarten, der der Rede wert war,
nur eine Veranda, getragen von gutem Glauben,
wo sie den Kanarienkäfig aufstellte.
Das Haus blieb das ganze Jahr dunkel,
obwohl es Licht und Wasser automatisch gab.
(Keine zischenden Gasdüsen mehr,

deren Geflacker auf Anna Rettichs
Hebammenbrille spielte,
wenn sie flüsterte *Denk dir ein Baby*
und die Babies kamen.) Frühling
brachte einen Hauch von Kirschen, der Sorte,
die man Stunden in Zucker und Nelken kochte,

vom Hof der jüdischen Familie nebenan.
Yumanski sprach nicht mit ihnen, also
kaufte sie nie Gemüse bei ihm
auf dem Markt in der Canal Street. Gertrude,
seine Jüngste und Blondeste,
sprang morgens für Grütze und Speck vorbei.
Im Sommer gab es Überschwemmungen, und Schimmel

drängte durch Fransenbesatz, es gab
ein Bild von einem Schiff, an dem sie vorbeikam
auf dem Weg zur Veranda, Fremde riefen
von der Straße *Ma'am, Ihr Vogel*
kann aber singen! Beugte sie sich vor, konnte sie eine Andeutung
von Mauve erspähen – kaum mehr als eine Ahnung –,
das direkt hinter den letzten Häusern wuchs.

Taggestirn

Sie wollte ein bißchen Raum zum Nachdenken:
aber sie sah Windeln an der Leine dampfen,
eine Puppe, zusammengesunken hinter der Tür.

So schleifte sie einen Stuhl hinter die Garage,
um den Mittagsschlaf der Kinder abzusitzen.

Manchmal gab es etwas zu sehen –
den ausgehöhlten Panzer einer entschwundenen Grille,
ein wehendes Ahornblatt. An anderen Tagen
starrte sie, bis sie sicher war,
daß sie nur noch ihr eignes lebendiges Blut sah,
wenn sie die Augen schloß.

Sie hatte eine Stunde, bestenfalls, bis Liza erschien,
und oben von der Treppe maulte.
Was machte Mutter bloß
da draußen bei den Feldmäusen? Ei nun,

sie baute ein Schloß. Später
am Abend, wenn Thomas sich umdrehte
und in sie zwängte, schlug sie die Augen auf
und dachte an den Ort, der ihrer war
für eine Stunde – wo
sie nichts war,
das reine Nichts, mitten am Tag.

Gehorsam

Jener Schornstein beispielsweise
auf dem verlaßnen Grundstück gegenüber:
wenn sie seinen Abriß befehlen und zusehen könnte,
wie er in Zeitlupe über aufgeworfenen Teer und Schotter
schwebte,
würde er zwei oder vielleicht drei Fingerbreit
vor ihren Lackschuhen haltmachen.

Ihr Körper ist nicht mehr geschmeidig, aber ihr Geist ist frei.
Sie kann sich ein Zwielicht ausdenken, Schwefel
flackert orange, dann schwarz
wie die Spitze eines Flamingoflügels, der weiße
Lattenzaun, der den Hügel hinaufmarschiert ...

aber nie würde sie so winzige Sterne schaffen.
Das Haus, geschlossen wie eine Taschenuhr,
jene abgeschotteten Herzen, die drinnen atmen –
nie könnte sie die erfinden.

Das Schloß von Versailles

Nichts schlimmer als eine Weiße!
Murmelt sie, während sie Änderungen bügelt
im Hinterzimmer von Charlotte's Dress Shoppe.
Der Dampf, der von einem Preiselbeerwollenen aufsteigt,
wird lebendig von Schweiß
und schalem Evening of Paris.
Aus Sumpf geboren, schluckt sie Sumpf,
wird sie wieder in den Sumpf sinken.

Das Eisen fährt sanft
in einen Keil, wartet, bis
die Kräusel verblühen. Hinter
dem Vorhang die weißen Mädchen tragen
alle Schulterpolster, um ihre Gesichter
schmal zu machen. Das Lachen ist wohl Autumn,
die Bacall nachahmend ihr Haar zurückwirft.

Beulah hatte in der Bücherei gelesen,
daß französische Hofdamen ihre Fächer
in den Ärmel schoben und sich
zum Luftschnappen in den Gärten ergingen. Schwankend
zwischen Lilien hoben sie keusche Seidenschichten
und ließen Kot so zierlich fallen
wie Taschentücher. Gegen alle Vorschriften

hatte sie das Futter von einem verschnittenen Mantel bewahrt
und den grauen Rock vom letzten Jahr damit eingefaßt.
Sie weiß, wenn sie ein Knie hebt,

blitzt sie karmesin. Das scheint legitim;
aber in dem Buch hatte sie gelesen,
wie sich die *Cavaliere* mit Puder und Parfum
amüsierten und in Kniehöhe
gelbe Bordüren auf den Stuck
der *Orangerie* sprühten.

Ein Kleiderbügel fällt
vorne im Laden.
Beulah erinnert sich, wie
selbst Autumn, die Fesseln gekreuzt,
im Sofa lehnen und seufzen konnte
Ich brauche einen Mann, der mich beschützt,
während sie ihre Zigarette bis zum letzten Zug rauchte.

Pomade

Sie säubert den Küchenboden von dem Flußbett, das ihr Mann
mir nichts dir nichts
mit seinem Katfisch nach Hause bringt und erinnert sich
an eine Blume – kerzengerade,
mit einem Dornenkragen, der sich
unter einer Krone aus hellen flaumigen Würmern bog.
Sie hatte sie büschelweise gepflückt
an einer stillen Straße in Tennessee. Schon damals
war er ständig unterwegs in den Wäldern auf der Suche
nach einem verzauberten Bach.

Willemma war es, die die Meute staubiger Kinder verscheuchte
und sie in die schiefe Hütte holte mit dem kleinen
Fenster in der Tür, der an die Scheibe geklebten ausgeschnittenen
Wolke,
damit ich immer Schatten habe. Willemma war es,
die ihr zeigte, wie man die Blüten fein zerrieb
und sie langsam in Glycerin erhitzte,
bis die Pfanne Birnen und Nüsse und modernde Fichte
verströmte.

Die Hütte neigte sich geradewegs
nach Süden, nahm die Himmelsschräge direkt
durch Vogelknöterich und wilde Möhren zum
Negerfriedhof unten in Wartrace. Gerstensuppe
verlangte nach dem Schüsselrand, das Maisbrot,
heiß aus dem Ofen, erhob sich prachtvoll
bis an die tiefschwarze Lippe der gußeisernen Form …

aber Willemma stand gerade wie an dem Tag,
an dem sie für Klebeband fünf Meilen in die Stadt
und zurück ging. Gaslicht flackerte über die schiefe Ebene
des Regenwassers im Zinkeimer in der Ecke,
während Thomas seine Schwester anflehte
auszuziehen, solange sie konnte.

Melisse. Der Duft versetzte sie in Gedanken
immer vor türkische Minarette gegen
einen Himmel, gedrechselt blau,
süß und erbarmungslos. Willemma konnte ihr graues Haar
zu zwei
Schläfenknoten gedreht tragen und dennoch nach Reisen
riechen.
Aber in all den Jahren rührte sie sich nicht weg. Sie wandte sich
eines Tages einfach von dem Topf ab, in den sie Rüben schnitt,
als ihre Brust sich öffnete und die einströmende Luft
sie fällte. *Ruft den Pfarrer, ich bin in der Erde,*
rief sie einem Vorübergehenden zu.

Beulah starrt durch das fahle scheckige Linoleum
auf den Lehm mit seinem Salz, seinen Würmern. Sie streicht sich
die Haare glatt, schnüffelt an den Händen. Auf der Anrichte
grinst der Katfisch
wie ein Herr aus dem Morgenland. Nichts hört je auf. Sie spürt
sich langsam die Seiten der Erde hinabrollen.

Kopfputz

Der Hut auf dem Tisch
im Eßzimmer
ist kein Schoßtier, abgerichtet
stillzusitzen. Drei
perlbewehrte Speere und Beulah,
die ihren Schatten
zu Boden lenkt. Der Hut
ist kalt. Der Hut
braucht mehr.

(Die Kundin wird
großzügig sein, wenn über
Erwarten zufrieden. Flitter-
tüll also, in Grün
und Gold und Sherry.)

Beulah
hätte sich mit weniger
begnügt. Sie betet
nicht, wenn sie sich
manchmal fürchtet in
ihrer Haut wie heute
und summt mit einem Mund voll Nadeln.

Fertig, ist er ein Berg
auf einer Platte, ein Kapitol
in der Schwebe über einem beschmutzten Strand.
Die Krempe glaubt

an sich, ihre
Doppelrose und zitternden
Federn. Extravaganz
entschädigt. O
vertrauter Sonnenschirm,
der lehrt, mit Anmut
zu schreiten am Saum der Schönheit.

Sonntagsgemüse

Sie will Wein
fließen hören.
Sie will Veränderung
schmecken. Sie will,
daß Stolz durch die Küche
rauscht, bis sie glänzt
wie Stroh, sie will,

daß Mageres die Tradition
ersetzt. Schinken poltert
im Topf, nichts
als Knochen, jeder
mit einem Armreif
aus Fleisch.

Das Haus stinkt
wie ein Zoo im Sommer,
während oben
ihr Mann noch schläft.
Chorhemd über
dem Arm und das
Gesangbuch umklammert,

hält sie inne, erinnert sich
an ihre Mutter im Unterrock,
verloren in Blues,
und der Krauskohl,
wildohrig,
sang.

Genesung

Die Füße in Kordschlappen,
ist er auf die Veranda gegangen. Vom Wohnzimmer
mit seinen Schmetterlingen hinter Glas, der Mandoline an der Wand,
kann sie eine nackte Ferse federn sehen.

Vor Jahren hatte er versprochen, ihr Chicago zu zeigen.
Er war herrlich damals, ein Gimpel,
dessen Puls man sehen konnte, wenn der Augenblick
still verweilte. Im Haus

steigt die Dunkelheit und surrt wie ein Webstuhl.
Sie steht beim Sofa,
ergeben zwischen ihrem Schnickschnack,
Geheimnisse in der Luft wie Vogelsang.

Alptraum

Sie träumt
schon wieder von Salz:
Salz sticht ihr in die Augen,
macht Pfeffer aus ihrem Haar,
Salz in ihrem Höschen
und überall das Licht an.
Wacht sie auf,
merkt sie, daß er verschwunden ist
und der Hund sich blöd bellt,
draußen ausgeschlossen
mitten in der Nacht.

Die Lider zugekniffen,
zwingt sie das Jucken
weg. Die Straßenlaterne
durchs Fenster:
schillernder Grieß. Als Mädchen
spannte sie einmal
einen Schirm im Haus auf,
und ihre Mutter schrie
Du stürzt uns ins Verderben!
Aber das ist
lange her. Dann
erwacht sie.

Wingfoot Lake
(Unabhängigkeitstag 1964)

An ihrem 36. Geburtstag hatte Thomas ihr
ihr erstes Schwimmbad gezeigt. Es hatte genau seine
Lieblingsfarbe, aber
so viel davon, und die weißen Arme der Schwimmer steil
emporgereckt, Rangabzeichen der feinen Gesellschaft.
Sie hatte ihr Fenster hochgekurbelt
und ihm gesagt, er solle weiterfahren, schnell.

Jetzt dieser *Akt der Barmherzigkeit*: vier Töchter
schleppten sie zum Betriebspicknick ihrer Männer,
weiße Familien auf der einen Seite und sie
auf der anderen packten die gleichen
Plastikflaschen Ketchup aus, die gleichen
pappigen Fleischpasteten und Kartoffelchipstüten.
Er war also zum erstenmal am vierten Juli
tot – vor zehn Jahren,

wartend, daß etwas geschah, war es schwerer gewesen,
und noch zehn Jahre davor, als die Mädchen
wie junge Pferde die Bahn beäugten.
Letzten August stand sie Stunden
allein vor dem Fernseher,
als ein schwarzer Krähenflügel sich langsam durch die
weißen Straßen der Regierung bewegte.
Dieses tapfere Schwimmen

erschreckte sie wie Joanna, als sie sagte,
Mutter, wir sind jetzt Afro-Amerikaner!
Was wußte sie von Afrika?
Gab es dort Seen wie diesen
mit einem unter den Pier geschobenen Ruderboot?
Oder Thomas' mächtigen Mississippi
mit seinem seidigen Sog? (Es gab
den Nil, aber der Nil gehörte

Gott.) Wo sie herkam,
war die Vergangenheit, zwölf Meilen in die Stadt,
wo niemand die Hintertür verschloß
und Goodyear noch nicht von einem Park
träumte unter dem Firmensymbol, einem weißen Fuß,
dem zwei kleine Flügel entsprossen.

Gesellschaft

Keiner kann ihm mehr helfen.
Nicht das junge Ding nebenan
in der roten Dreiviertellangen,
nicht der Kanarienvogel, den er zum Wahnsinn trieb

mit seiner Mandoline. Es gibt keine
Bäume mehr, die ihn im Mondschein wecken,
und auch keinen trockenen Frühlingsmorgen,
an dem die Fische sich nach Gesellschaft sehnen.

Sie steht da und sagt ihm: gib es auf.
Sie ist die Sirenen leid und sein Gesicht,
gefurcht von Salz. *Wenn dies die Spielregeln sind,*

sagt sie ihm, *hör zu: wir waren gut,*
auch wenn wir es nie glaubten.
Und nun kann er nicht mal ihre Füße berühren.

Die morgenländische Tänzerin

wirbelt auf den Spitzen einer Nelke,
aus dem Radio schnarrt eine Morgenhymne.
Tageslicht wagt sich nicht

bis zu den Fenstern – die Wände sind noch dunkel,
überschattet von den Geistern
übergroßer Gardenien. Die Ballerina

pirouettiert zum Leiern des alten
hochheiligen Kreuzes, sie hebt
die Schultern über den Rand

des Schmuckdosendeckels. Zwei rosa Schühchen
berühren die zerfransten Blütenblätter, niemand
sollte so kleine Füße haben! In China

tun sie alles verkehrt herum:
diese Ballerina hat sich nicht erhoben, sondern
einen Tunnel direkt nach Amerika getrieben,

wo die Schlafzimmer der Armen
tapeziert sind mit gemeinen Blumen
auf einem Hintergrund in der Farbe von Fett,

Teebeuteln, rissigem falschem Walnußfurnier.
Auf der anderen Seite der Welt
streifen sie die Roben ab, bestickt mit

Rosen, Rosen, die zischend
neben dem Bett zu Boden wehen,
wenn hier die Sonne endlich an die Fenster schlägt,

plötzlich opak,
gleichgültige Schilde. In diesem Zimmer
steht ein Bett, wo die Sonne sich hinbegibt.

Wo ein Strohhalm über
den Rand seines Glases nickt und eine Hand
nach einem Papiertuch greift, es zur Blume krumpelt.

Die Ballerina hat die ganze Nacht durch geübt!
Sie bläht ihre Röcke wie Segel,
wirbelt auf einer Scheibe so hell,

so schnell, sie steht still.
Die Sonne wandert übers Bett zum Kissen
und bleibt zum Atmen stehn (im Morgenland

schwebt Atem wie Nebel
auf den Feldern), zögert
bei einem verknoteten Taschentuch, das an seiner

Schnur verrutscht und unter dem rechten Ohr
steckengeblieben ist, welches die zarteste
Musik vernimmt,

wo's keine gibt. Die Ballerina tanzt
am Ende eines Tunnels aus Licht,
sie wirbelt auf ihren unmöglichen Zehen –

der Rest ist Schatten.
Der Kopf auf dem Kissen sieht nichts
sonst, obwohl er die Sonne warm

auf den Wangen spürt. *Es gibt kein China;*
kein Kreuz, nur den papierenen Kuß
eines Kleenex über dem Kampfergestank,

die Wände, die mit schäbigen Tutus explodieren …

Zeittafel

1900	Thomas wird in Wartrace, Tennessee, geboren.
1904	Beulah wird in Rockmart, Georgia, geboren.
1906	Beulahs Familie zieht nach Akron.
1916	30 000 Arbeiter kommen nach Akron.
1919	Thomas verläßt Tennessee und führt eine Weile ein Flußschifferleben.
1921	Thomas trifft in Akron ein.
1922	Der Viadukt über den River Little Cuyahoga wird vollendet.
1924	Hochzeit im Dezember.
1926	Geburt des ersten Kindes (Rose).
1928	Kauf des Autos für die Reise nach Tennessee.
1929	Goodyear baut die Montagehalle für den Zeppelin – das größte Gebäude der Welt ohne Innenstützen.
1930	Verlust des Autos durch die Weltwirtschaftskrise; Geburt des zweiten Kindes (Agnes).
1931	Das Luftschiff ‹Akron› verunglückt.
1932	Der Vizepräsident der First Central Trust Company begeht Selbstmord. Ein Gewerkschaftsfunktionär wird beim Versuch, einer der vielen auf die Straße gesetzten Familien zu helfen, getötet. Im November Geburt des dritten Kindes (Lisa).
1934	Thomas nimmt eine Teilzeitarbeit als Gebäudereiniger der Satisfaction-Kohle-GmbH an.
1935	Geburt des vierten Kindes (Joanna); Umzug in die Bishop Street.
1940	11 000 Schwarze leben in Akron (Gesamtbevölkerung 243 000).
1942	Thomas bekommt eine Anstellung als Kriegsaushilfe bei Goodyear Aircraft.
1945	Rose heiratet einen ehemaligen Soldaten.
1946	Thomas tritt aus dem Gospelchor der (African Methodist Episcopal) Zion-Kirche aus.

1946 Beulah nimmt eine Teilzeitarbeit in Charlotte's Dress Shoppe an.
1947 Erstes Enkelkind (Pauline), Tochter von Rose.
1949 Zweites Enkelkind (Jacqueline), Tochter von Rose.
1950 Beulah beginnt mit Putzmacherei.
1951 Der einzige Enkelsohn (Malcolm), geboren von Agnes.
1956 Alle Töchter sind verheiratet.
1960 Thomas hat den ersten Herzanfall.
1963 Thomas stirbt Ende Juli.
1963 Im August der Marsch der Bürgerrechtsbewegung auf Washington.
1964 Beulah wird von ihren Töchtern am Unabhängigkeitstag (4. Juli) zu einem Picknick eingeladen.
1966 Beulah bekommt grünen Star. Sie wird bettlägerig.
1969 Beulah stirbt im April.

Rita Dove wurde 1952 in Akron (Ohio) geboren. Sie studierte zunächst Anglistik und Germanistik an der Miami University (in Oxford, Ohio) und an der Universität Tübingen und schließlich Creative Writing an der University of Iowa.
Außer einem Buch mit Kurzgeschichten («Fifth Sunday», 1985) veröffentlichte sie bisher drei Gedichtbände: «The Yellow House on the Corner» (1980), «Museum» (1983) und «Thomas and Beulah» (1986), für den sie 1987 den Pulitzer-Preis für Lyrik erhielt.
In deutschen Übersetzungen sind Gedichte von Rita Dove in «Akzente», «die horen», im «Literaturmagazin», in «Lettre» und «Sprache im Technischen Zeitalter» erschienen.
Seit 1981 ist Rita Dove Professorin für Creative Writing an der Arizona State University und lebt mit ihrem deutschen Ehemann, dem Schriftsteller Fred Viebahn, und ihrer Tochter in Tempe, Arizona.